APOLOGIE

DE

LA MUSIQUE

FRANÇOISE,

CONTRE M. ROUSSEAU.

Noſtras qui deſpicit Artes

Barbarus eſt.....

M. DCC. LIV.

AVERTISSEMENT.

JE souhaite que ceux qui liront cet Ecrit soient dans les mêmes dispositions où j'ai été en le composant ; que ni la prévention pour les richesses de leur Pays, ni le penchant pour les modes étrangères ne déterminent leur opinion ; qu'ils ne consultent que la raison & le sentiment, guides les plus nécessaires & les moins trompeurs dans l'étude des Arts. Toute dispute contre le goût national d'un peuple qui n'est rien moins que barbare, ne sauroit être poussée avec trop de ménagement, soûtenuë avec trop de réserve, décidée avec trop de circonspection. L'autorité d'un homme tel que M. Rousseau, pourroit faire illusion dans une matière qui est du ressort de l'esprit & du goût.

AVERTISSEMENT.

Son style nerveux & plein de feu, la fécondité de ses pensées, la force de ses raisonnemens, l'étendue de ses connoissances sont des armes très-dangéreuses entre les mains d'un ennemi. N'en ayant point de pareilles à lui opposer, je n'aurois point entrepris de lui faire résistance, si je n'avois été enhardi par la bonté de la cause que j'ai à défendre. Pour maintenir les droits qu'il veut nous ravir, il suffira de les faire connoître : comme il ne pouvoit les détruire qu'en dissimulant une partie de ce qu'ils sont, il s'est attaché à en obscurcir & à en défigurer la nature. Mon intention est de réclamer contre cette petite supercherie. Le public jugera de nos efforts : l'équité est inséparable de ses arrêts, tout est soumis à ses décisions infaillibles.

APOLOGIE

APOLOGIE
DE LA MUSIQUE
FRANÇOISE.

J'AVOIS toûjours crû que notre Musique n'étoit pas sans défauts ; mais je n'imaginois point que sérieusement on entreprît de nous prouver, que les François n'ont point de Musique, qu'ils n'en peuvent avoir ; que si jamais ils en ont une, ce sera tant pis pour eux. Quoique je connus déja le goût décidé de M. Rousseau pour le paradoxe ; & les ressources que lui fournit son esprit pour donner une couleur de vérité aux idées les plus hardies

A

& les plus fingulieres : j'avouerai que le trait qu'il vient de nous lancer furpaffe tout ce que je pouvois attendre d'un Auteur, capable de foûtenir qu'éclairer les hommes, c'eft les corrompre.

Par quelle fatalité la Mufique feroit-elle donc le feul des Arts dont nous ne pourrions atteindre la perfection ? On nous permet de croire que nous excellons dans tous les autres Arts ; on nous interdit dans celui-ci jufqu'à l'efpérance du fuccès le plus médiocre. Notre Mufique n'eft que du bruit, notre chant un aboiement continuel, notre harmonie eft brute, nous n'avons ni mélodie, ni mefure. Cette barbarie qu'on nous attribue d'un ton affez aigre, on la fuppofe tellement effentielle à notre Nation, qu'on nous décide dans l'impoffibilité abfolue de nous en défaire. Le reproche eft au moins outré ; & malgré l'opinion avantageufe que j'ai des lumières & des connoiffances de Monſieur Rouſſeau, je crois fermement qu'il nous fait injuſtice.

Examinons ſur quoi il ſe fonde pour nous traiter ſi durement. Toute Muſique nationale tire, dit-il, ſon principal caractère de la qualité du langage; or la langue Françoiſe n'eſt point du tout propre à la Muſique, donc les François n'ont point de Muſique & ne ſçauroient en avoir. Tel eſt en ſubſtance le raiſonnement qu'il inculque avec beaucoup de confiance, & qu'il développe avec beaucoup d'art. Malheureuſement le principe eſt faux & l'application encore plus fauſſe, c'eſt ce que je vais tâcher de rendre ſenſible.

I.

Pour mettre de l'ordre & de la clarté dans la diſcuſſion de ces deux points importans, avant toutes choſes, convenons des termes, & du ſens qu'il eſt né-

cessaire d'y attacher. Qu'est-ce que la
Musique? C'est, si je ne me trompe, l'art de
peindre & d'émouvoir par le moyen des
sons. Je m'en tiendrai à cette définition,
jusqu'à ce qu'on m'en donne une meilleure; & je crois, tout bien examiné,
que c'est la plus exacte qu'on en puisse
donner. La Musique a le même objet
que la Peinture & la Poësie. Parler à
l'imagination & remuer l'ame, c'est la
destination commune de ces trois Arts.
Ils ne different que par les routes particulières que chacun prend diversement,
pour arriver au même but. La Poësie
employe les richesses du style, & la cadence du vers; la Peinture a les lignes
& les couleurs à son usage; à la Musique appartiennent l'harmonie, la mesure & le chant. Des sons qui font image & qui excitent le sentiment, font
donc de la vraie Musique. Si l'image est
bien naturelle & bien vive, si le sentiment a de la force & de la vérité, la Musique est excellente.

Ce principe établi, les conséquences font toutes au défavantage de M. Rouffeau. Il fuit delà évidemment que le caractère d'une Mufique nationale ne dépend point de la qualité du langage; mais de la mefure du génie. C'eft le génie, & le génie lui feul qui enfante ce que la Mufique a de plus aimable & de plus touchant. Ses tendres douceurs, fes vivacités légeres, fes langueurs triftes & fombres, fes duretés, fes fureurs, fes rapidités, fes défordres, font le fruit, non d'une langue qui fe prête plus ou moins facilement aux charmes de la mélodie; mais d'un efprit qui fe livre à des inventions pleines de feu, & qui affujettit l'harmonie à fes idées.

Quoi qu'on en dife, le vrai génie eft de toutes les Nations. Si la Nature n'a pas eu pour elles une libéralité uniforme, fes prédilections & fes rigueurs n'ont jamais été jufqu'à tout donner aux unes, & tout refufer aux autres. Les grands talens plus ordinaires en certains climats, ne font nulle part des fruits contre nature. N'incitendons point fur l'aigreur & la rudeffe du langage. Toute Nation où le génie fait briller fon flambeau, peut avoir de la vraie Mufique. Par-tout où je trouve des Peintres & des Poëtes, je puis rencontrer des Muficiens. Dès que l'imagination & le fentiment me fecondent, le principal eft fait. Pour produire du beau, de l'excellent en Mufique, il ne me refte qu'à bien ufer des moyens que l'Art me préfente. L'étude me les fait connoître, la pratique me les rend familiers, l'expérience m'en démontre les effets divers, & j'en fais des choix plus ou moins heureux, felon que j'en ai des idées plus ou moins précifes.

La mélodie, l'harmonie & la mefure font, comme dit très-bien M. Rouffeau, les feules reffources du génie mufical. La mélodie détermine la fucceffion des fons, l'harmonie en régle l'union, la mefure en fixe la durée. Que fait à tout cela le langage ? On peut compofer des chants très-mélodieux, les accompagner d'une harmonie très-pure, y joindre l'extrême précifion de la mefure, fans y mettre de paroles. Cette Mufique où le langage n'entrera pour rien, n'aura-t-elle pas un caractère & une expreffion ? Ne fera-t-elle pas de la vraie Mufique ? Le Compofiteur inventera fon fujet plus ou moins bien, il lui donnera des graces plus ou moins piquantes, il le traitera avec plus ou moins d'énergie, non felon qu'il fera Italien ou François ; mais felon qu'il aura plus ou moins de génie.

Il ne fert de rien, d'avancer d'un air chagrin, que dans l'état actuel de la Mufique Françoife, la mélodie eft infipide, l'harmonie eft confufe, la mefure ne fe fent point. Ces défauts, quand ils feroient auffi réels qu'on le fuppofe, prouveroient tout au plus, que nous

manquons actuellement d'habiles Compositeurs, & non pas que ce vice de
composition est un vice national essen-
tiellement causé par le caractère de notre Langue. La Langue latine est commune à toutes les Nations. S'il étoit vrai
que la Musique tire son principal caractère de la qualité du langage, les paroles latines mises en chant devroient
produire dans tous les Pays le même caractère de Musique. Or le contraire est
évidemment certain. Le goût national
se fait également sentir dans le chant du
latin & du François, & nos Motets
sont aussi différens des Motets à l'Italienne, que Lully differe du Pergolese.
Il faut donc reconnoître que la qualité
du langage ne fait rien au caractère de
la Musique ; & que malgré notre vilain
& maussade François, nous pouvons,
si nous avons du génie, composer de
très-beaux chants ; tout le monde sçait
qu'une Langue douce & sonore, fournit

plus aifément & avec plus d'abondance des paroles propres à être chantées. Mais enfin ce n'eſt point des paroles que la Muſique tire ſon expreſſion. Elles ne ſervent qu'à déſigner l'objet que le Muſicien a dû peindre, le ſentiment qu'il a dû exciter. Elles offrent l'explication du tableau : le tableau n'en ſera pas moins bon, parce que l'explication eſt mauvaiſe.

I I.

L'application du principe eſt encore plus fauſſe que le principe même. Je conviens avec M. Rouſſeau qu'il y a des Langues plus ou moins propres à la Muſique; mais je n'ai garde de lui paſſer que la Langue Françoiſe n'y eſt point propre du tout. L'artifice avec lequel il oppoſe nos ſons mixtes, nos ſyllabes muettes, ſourdes & nazales, la dureté de nos conſones & de nos articulations, à la douceur de la Langue Italienne, où les articulations font peu compofées, la rencontre des confones rare & fans ru- deffe, la prononciation facile & cou- lante, les voyelles fonores & pleines d'éclat, prouve à la vérité que l'Italien a de grands avantages fur le François ; mais ce n'eft pas là de quoi il s'agit. Pour juftifier l'odieufe exclufion dont on nous menace, il auroit fallu nous convaincre, que non-feulement il y a des duretés dans notre langue ; mais que tout en eft dur, aigre, rude, fourd, criard.

Nous gémiffons depuis long-tems des imperfections de notre Langue ; mais nous prétendons avec raifon, que fans être fufceptible d'une douceur extrême, il dépend de ceux qui la poffédent & la parlent bien d'en tempérer heureufe- ment la dureté. Nos bons Auteurs trou- vent le moyen d'adoucir & de cadencer leur ftyle, de lui donner une tournure légere & coulante, d'en régler la mar- che, ici avec une grave & pompeufe

lenteur ; là avec une volubilité vive &
brillante, tantôt avec une tranquillité
simple & naturelle, tantôt avec fougue,
rapidité, précipitation.

Si la langue Françoise n'avoit ni douceur, ni harmonie, où en feroient nos
Poëtes ? Comment viendroient-ils à bout
de faire des Vers ? Notre Censeur vou-
droit-il nous rendre encore la verſification
impoſſible ? Il eſt trop inſtruit de nos ſuc-
cès, pour nous conteſter en ce point la
poſſeſſion où nous ſommes de ne le cé-
der qu'aux Romains & aux Grecs. Le
nom qu'il porte réclameroit contre ſon
injuſtice, en rappellant le ſouvenir d'un
Poëte, dont on peut bien nous reprocher les malheurs ; mais dont il eſt impoſſible de méconnoître les talens. Quelle Muſe lirique a jamais mieux connu
la pureté & les fineſſes de l'harmonie,
pour en faire un uſage plus régulier &
plus conſtant ? Les Odes, les Cantates
de l'immortel Rouſſeau, ne réuniſſent-

elles pas à tout le feu de la poësie, toutes les graces de la versification ? Cet Auteur charmant a connu les vrais richesses de notre Langue. Douce & sonoré dans ses Vers, elle flatte l'oreille délicieusement. Le pinceau le plus moëlleux ne fondit jamais les couleurs d'une maniere plus suave. Cet exemple qui n'est pas unique parmi nous, montre que les duretés de notre Langue disparoissent, sous une plume qui la manie habilement.

M. Rousseau y pense-t-il, lorsqu'il soûtient que nous n'avons point de prosodie, ou que nous n'avons qu'une prosodie fort incertaine. Pour moi qui suis bien éloigné de connoître toutes les propriétés de notre Langue, je crois sentir que nous avons une prosodie, & qu'elle n'a rien d'incertain. N'avons-nous pas des longues & des brèves ? Les unes & les autres ne sont-elles pas suffisamment déterminées par l'usage ? Leur arrange-

ment eſt-il arbitraire ? Leur déplace-
ment n'eſt-il pas toûjours vicieux ? Quiconque a une exacte connoiſſance de la
langue Françoiſe, eſt perſuadé, qu'il
n'y a pas plus d'indétermination ſur la
longueur & la briéveté de nos ſyllabes, que ſur la ſignification propre de
nos mots en apparence les plus ſinoni-
mes. Je doute même qu'on réuſſiſſe jamais à bien parler & à bien écrire, tandis
qu'on abandonnera l'étude de cette proſodie occulte, qui pour être négligée,
n'en eſt pas moins exiſtante.

Il eſt certain qu'il y a un arrangement
de mots qui donne de l'harmonie à nos
phraſes. Cet arrangement conſiſte à éviter les rencontres dures, à varier la nature & la durée des ſons, à ſemer dans
le ſtyle d'agréables liaiſons & des repos
cadencés. Tout cela ſe pratique aiſé-
ment quand on poſſede bien la Langue ;
mais rien de tout cela ne peut ſe faire,
ſans une proſodie régulière, qui donne

à la durée de chaque fyllabe un temps déterminé. Si l'on ne fent point dans certains Ecrits de nos Auteurs cette harmonie de ftyle, leur négligence ne doit point faire imputer à la langue Françoife des imperfections qu'elle n'a pas. Ce n'eft point par les abus qu'on y introduit ; c'eft par les beautés dont elle eft fufceptible qu'on doit juger de fon mérite.

Nous avons des longues & des brèves comme dans le Latin. Leur combinaifon n'eft pas plus arbitraire dans nos Vers qu'elle l'eft dans la verfification Latine. Parmi nous la rime feule ne fait pas le Vers, il y faut une mefure & des repos. Lorfque le Vers eft bien fait, la cadence en eft fi marquée, que naturellement fa déclamation dégénere en une éfpéce de chant. Que dis-je ! il feroit poffible, fi on vouloit s'en donner la peine, de fixer dans nos Vers comme dans les Vers Latins, non-feulement le nombre des syllabes ; mais la quantité propre de chacune, d'en prescrire & d'en borner toutes les variations.

Pour établir l'incertitude de notre prosodie, M. Rousseau nous oppose que nous avons des longues plus longues les unes que les autres. J'en conviens, & je ne sçai s'il pourroit nous citer une seule langue vivante, où ce prétendu défaut ne se rencontre pas. Le Latin qui en paroît exempt, l'étoit-il en effet dans la bouche des Romains ? Ce défaut, si c'en est un, ne sçauroit mettre d'incertitude dans notre prosodie ; parce qu'après tout le plus ou le moins de longueur de nos syllabes n'a rien d'indéterminé. Nous savons précisément quelles sont les syllabes qui demandent une prononciation plus ou moins allongée. Je crois au reste que ces longues plus longues n'ont rien en elles-mêmes de vicieux. Il me semble qu'elles ajoûtent de l'agrément, en fournissant un moyen de varier l'harmonie, par une plus grande variété de prononciation.

La langue Françoise n'eſt donc point eſſentiellement dépourvûe de douceur & d'harmonie. Les beaux Vers de nos Poëtes garantiront cette vérité à tous ceux qui les connoiſſent. Il eſt faux par-conſéquent que la langue Françoiſe ne ſoit point du tout propre à la Muſique. Qu'on diſe qu'il faut réfléchir beaucoup & peiner un peu pour lui donner un caractère mélodieux, il en réſultera une facilité moins grande que dans l'Italien, nous l'avoüons; mais ce qui n'eſt que difficile ne doit point être traité de chimérique, & M. Rouſſeau a trop de hardieſſe dans l'eſprit pour confondre ces deux idées. Nous pouvons donc avoir de la Muſique, & ſi nous en avons une, ce ne ſera pas tant pis pour nous.

III.

III.

Notre ingénieux Cenſeur ne ſe borne point à préſumer les vices de notre Muſique des défauts de notre Langue. Il attaque notre Muſique en elle-même : il ne lui trouve que des ornemens puériles, ridicules, gothiques, nulle imagination, nul feu, nulle expreſſion. Ce n'eſt donc pas aſſez d'avoir contre lui obtenu le droit, il faut malgré lui établir le fait.

Je n'imiterai point ſa partialité pour la Muſique ultramontaine. Par enthouſiaſme pour notre goût national, je ne répondrai point en récriminant. Si je voulois uſer de tous mes avantages ; j'aurois bien des raiſonnemens à faire ſur les ſingularités de cette Muſique Italienne, qu'on nous donne hardiment pour la meilleure & l'unique. Je pourrois dire, ſans trop charger le portrait, qu'elle n'a

B

rien de vrai & de naturel, que ſes mouvemens ſont preſque toûjours exagérés,
ſes variations bruſques & biſarres, que ſa
vivacité dégenère en folie, ſa douceur
en molleſſe, ſa hardieſſe en emporte-
ment, ſon ſérieux en mélancolie, que
ſa manière eſt extrême en tout. Je pourrois dire que malgré ſa pureté d'harmonie & ſa préciſion de meſure, la plûpart
de ſes chants ne ſont que des chants de
fantaiſie qui font valoir le ſon des paroles, ſans en exprimer le ſens ; des chants
ou ſans néceſſité & ſans régle, ſe trouvent entaſſées toutes les difficultés de
l'intonation, & qui ne ſe font admirer
que par la difficulté vaincuë ; des chants
pleins de haut & de bas qui ménent de
l'un à l'autre par des paſſages ſouvent for-
cés, par des routes toûjours extraordi-
naires. Je pourrois dire que cette Muſique reſſemble aux feux d'artifices, qui
éblouiſſent & qui n'éclairent pas, aux
ſauts des Voltigeurs qui ſurprennent &

qui n'amusent pas, aux tours de gobelets
qui réjouissent & qui n'enchantent pas;
qu'on y cherche en vain la noblesse, la
grace, le grand goût, qu'en un mot elle
cause plus d'étonnement que de vrai
plaisir. Je contesterois toutes les conséquences que l'on prétend tirer de la passion que prennent, dit-on, pour la Musique Italienne tous ceux qui y sont
une fois accoûtumés, passion qui ne
leur laisse que du dégoût pour toute
autre Musique. Je commencerois par
nier le fait, & quand il seroit question
de recueillir & de peser les suffrages,
nos adversaires trouveroient bien à dé-
compter. Ensuite venant à examiner la
nature de cette passion, je soûtiendrois
que l'amour de la singularité en est l'unique principe. Rien, dirois-je, ne carac-
térise mieux les défauts d'un genre de
Musique, que le besoin de s'y accoûtu-
mer; ce qui est véritablement beau plaît
toûjours dès la première fois. Si l'on

B ij

m'objectoit le dégoût que la Musique
Italienne inspire pour toute autre Musique, je répondrois que c'est le malheur
de tous ceux qui se sont habitués au sin-
gulier & à l'extraordinaire, de ne pouvoir plus se faire au simple & au naturel;
que les gosiers accoûtumés aux liquèurs
fortes réprouvent le vin usuel le meilleur.

Tous ces raisonnemens, sans être
pleinement décisifs, rendroient au moins
fort douteux le sort de la dispute : mais il
ne s'agit point de nous justifier aux dé-
pens des autres. Je n'ai garde de vou-
loir ravir à une Nation très-spirituelle la
gloire dont elle jouit depuis long-tems
d'exceller dans tous les beaux Arts. Je
ne suis rien moins qu'ennemi de la
Musique Italienne. Si mon esprit n'en
est pas toûjours satisfait, mon oreille
en est ordinairement flatée. Je lui con-
nois de grands défauts, & des beautés
encore plus grandes. Laissons aux Ita-

liens leur genre ; je demande seulement
qu'on veuille bien aussi nous laisser le
nôtre. Les diversités de maniere, sont
les richesses des Arts, & les goûts ex-
clusifs sont communément des goûts
aveugles. Mon devoir est de prouver que
nous avons de la bonne & de l'excellente Musique ; & je vais y procéder in-
cessamment. Distinguons dans la Musique la composition & l'exécution, deux
parties très-différentes que je traiterai
l'un après l'autre. La première est l'effet
du génie, la seconde ne demande que
de l'exercice & de l'habitude.

I V.

Tous nos Compositeurs ne se ressem-
blent point. La Nature nous a servi en
cela comme en tout le reste, elle nous
a donné du bon, du médiocre, & du
mauvais. Il ne sera question ici que des
plus distingués, & de leurs meilleurs

Ouvrages, parce que c'eſt ſur la valeur
de ceux-là qu'on doit nous apprécier ſi
l'on veut être juſte. Pour parler avec li-
berté, je ne nommerai aucun des vivans.

Le mérite de toute compoſition muſi-
cale conſiſte dans l'énergie de l'expreſ-
preſſion ; je veux dire, dans l'Art avec
lequel le Compoſiteur manie les ſons &
l'harmonie pour peindre le tableau , &
exciter le ſentiment qui eſt propre de ſon
ſujet. Ce qui rend une compoſition parfaite , c'eſt lorſque l'expreſſion eſt vive
& naturelle , lorſqu'elle a des graces &
de la nouveauté. Une expreſſion au reſte,
n'eſt point vive par le plus ou moins de
tems que l'on met à la prononcer ; elle
eſt vive lorſqu'elle apporte avec elle une
grande lumière , & qu'elle met ſon objet
dans un beau jour; ce qui peut avoir
lieu dans les mouvemens les plus lents,
comme dans les plus précipités de la
meſure. Une expreſſion n'eſt point naturelle quand il y a de la recherche , & que

l'artifice en eſt trop reſſenti : la Nature a
toûjours quelque choſe de ſimple & de
négligé. Les graces de l'expreſſion vien-
nent du tour noble, élégant, ou ingénu
qu'on lui donne. La nouveauté de l'expreſſion ſuppoſe qu'elle n'eſt ni commune, ni imitée, ce qui en rend le
plaiſir d'autant plus piquant, qu'il n'a
aucun des défauts attachés à l'habitude.
Enfin quand l'expreſſion a toutes les qualités que je viens de dire, on doit la
regarder comme une expreſſion heureuſe
& parfaite.

Voyons préſentement, ſi parmi nos
habiles Compoſiteurs il n'en eſt aucun
qui aye poſſédé le talent de l'expreſſion
à un degré ſupérieur. Je crois le reconnoître dans un aſſez grand nombre ; mais
particuliérement dans les Œuvres de
Lully, de Clerambaud, de Campra &
la Lande. Ce n'eſt pas que ces grands
Hommes aient toûjours également réuſſi ; & quel eſt le génie qui n'a pas ſes

intervalles d'activité & de langueur.
Mais dans leurs beaux endroits, ils me
plaisent, ils me ravissent, ils me transportent.

Lorsque j'entreprends de conserver à
Lully le rang distingué dont il jouit autrefois, & qu'aujourd'hui la frivolité
lui dispute., je prévois que mon opinion
passera dans l'esprit des Novateurs pour
le radotage d'un homme à vieux préjugés. Ils se réuniront tous à M. Rousseau
pour me redire avec chaleur, ce que j'ai
souvent entendu avec impatience, que
Lully n'a point fait de Musique, qu'il
en étoit incapable, que ses airs sont des
airs de Guinguette, que son récitatif
fait baailler & dormir, que ses Chœurs
sont misérables, que c'est insulter les
gens, de citer un aussi plat personnage,
pour donner l'idée d'un Compositeur.
Doucement, Messieurs, tâchez d'en
dire moins si vous voulez être crûs.

Lully n'est plus à la mode; mais vous

n'ignorez point qu'il a fait les délices d'un siécle, qui de l'aveu de tout l'Univers a été pour nous le siécle de la perfection en tout genre. On ne dédaigne Lully, que parce qu'il eſt trop connu. Ses beautés qui dans leur primeur firent des impreſſions ſi vives, ont perdu leur éclat depuis que la trop grande habitude en a uſé le ſentiment. Il en eſt de lui, comme des Corneilles & des Racines qui ne ſont plus d'uſage, parce que tout le monde les ſait par cœur. Les chants de Lully n'ont perdu aucune de leurs graces, il ne leur manque que le mérite de la nouveauté. Ils ont plû trop longtems pour plaire encore.

Lully n'eſt plus à la mode. Prenez garde que ce ne ſoit une nouvelle preuve de la dépravation de goût qu'on reproche à notre ſiécle. Depuis qu'une inſenſibilité humiliante aux charmes naïfs de la belle nature, a fait recourir au ſingulier, à l'affecté, au précieux, au Phébus

pour produire l'intérêt ; il n'eſt pas ſur-
prenant que des hommes qui ne ſe plai-
ſent qu'aux ſaillies puériles, aux idées
abſtraites, aux figures outrées, au ſtyle
confus & énigmatique, quand on leur
rappelle l'élégante ſimplicité des chants
de Lully, n'y trouvent qu'une froide
monotonie & une aſſommante peſanteur.

Lully n'eſt plus à la mode. Cependant
auprès de tous ceux qui aiment le naturel & la vérité, ſa Muſique triomphe
encore du caprice qui veut en vain la
proſcrire. Il faut même qu'elle aye des
charmes bien intéreſſans, puiſque toutes les cenſures immodérées qu'on en
fait inceſſamment, n'empêchent pas
qu'on y revienne, & que mille nou-
veautés éphémeres qu'on leur ſubſtituë,
ne font qu'en réchauffer le ſentiment.

Quelle force, quelle ſageſſe dans les
expreſſions de Lully ! Si la tendreſſe
l'inſpire, rien n'eſt plus doux, plus affectueux, plus touchant que ſa mélodie.

Elle pénétre l'ame fans violence , pour y produire une aimable rêverie , une délicieufe langueur. S'il fe trouve dans des fituations triftes & déplorables , fes fons gémiffans , fon harmonie lugubre opérent la défolation dans les cœurs. Quelle eft fon aménité dans les fujets joyeux, fon énergie dans les penfées terribles , fon agitation , fon défordre dans les tranfports de la colère , óu les fureurs du défefpoir! Que tout chez lui eft excellemment caractérifé. C'eft un génie qui prend toutes fortes de formes, qui fe prête à toute forte d'intérêts. Il s'éleve, il fe foûtient , il s'interrompt : fécond dans fes inventions , correct dans fes deffeins , heureux dans fes choix, judicieux dans fes ornemens , varié dans fes tours , contrafté dans fes détails , il obferve toutes les bienféances , il évite tous les excès , exact fans fervitude , naturel fans négligence ; plein d'art & de fimplicité , toûjours facile & gracieux,

toûjours diverfifié, & toûjours le même.
Je ne m'amuferai point à en citer des
morcéaux au hazard. Il n'eft aucun de
fes Ouvrages où l'on ne rencontre de ces
mâles fublimités, de ces ingénuités délicates auxquelles le cœur ne peut ré-
fifter.

Vous qui blâmez les *Duo* & les
Chœurs de Lully, parce qu'ils vous pa-
roiffent unis & fans travail, ne craignez-
vous point que je ne prenne cette cen-
fure pour un éloge ? Non vous ne m'en-
tendrez jamais répondre avec quelques-
uns de fes aveugles panégiriftes, que
Lully a été obligé de fimplifier beaucoup
les chofes par la difficulté de l'exécution
dans un tems où les voix & les inftrumens n'avoit qu'une habileté médiocre.
Et pourquoi chercher à ce grand homme
des juftifications dont il n'a nullement
befoin ? Lully penfoit trop bien, pour
croire que dans une Mufique faite pour
plaire, il fallût exagérer & faire fentir le

travail. Ce n'eſt point par néceſſité ; c'eſt à deſſein & avec connoiſſance de cauſe, qu'il n'a jamais voulu quitter ſon air uni & ſon caractère facile. Jaloux de charmer le cœur, & non d'étonner l'eſprit ; il a ſi bien fait, que toutes ſes compoſitions paroiſſent avoir coulé de ſource ; on diroit qu'elles n'ont coûté aucun effort, & c'eſt bien ici le cas d'appliquer le mot *arte che tutto fa, nulla ſi ſcuopre.*

Plus on connoîtra Lully, plus on eſtimera ſon beau génie. Il a toutes les parties eſſentielles qui font le grand Muſicien. Pluſieurs ont excellé au-deſſus de lui dans quelques-unes ; perſonne n'en a réuni un ſi grand nombre, & dans un degré ſi parfait. Ses Ouvrages ſont comme les Tableaux de Raphaël, inférieurs à ceux de Michel Ange pour la fierté du deſſein, à ceux du Titien, pour l'artifice du coloris, à ceux du Correge, pour l'eſprit & les graces, à ceux de Jules Romain, pour l'imagination &

le feu; fupérieurs à tous par la réunion
de toutes les parties qui rendent un tableau précieux. Ceux à qui la Mufique
de Lully eft infipide, je leur confeille de
méprifer les Peintures de Raphaël.

M. Rouffeau malgré fes préventions
n'a pû s'empêcher de dire de Lully :
,, Convenons que l'harmonie de ce cé-
,, lebre Muficien eft plus pure & moins
,, renverfée, que fes baffes font plus
,, naturelles & marchent plus ronde-
,, ment, que fon chant eft mieux fuivi,
,, que fes accompagnemens moins char-
,, gés naiffent mieux du fujet & en for-
,, tent moins, que fon récitatif eft beau-
,, coup moins maniéré, & par confé-
,, quent beaucoup meilleur que le nô-
,, tre. " Cet aveu eft confidérable dans
un adverfaire, qui prétend ôter à Lully
jufqu'à la capacité de faire de la Mufique ; auffi ne fignifie-t-il de fa part que
l'attribution d'une fupériorité fort peu
importante fur nos Compofiteurs mo-

dernes ; supériorité qui rend la Musique de Lully moins mauvaise, sans pouvoir jamais la décider bonne. .

En vérité de pareilles hiperboles ne se supportent pas. J'en appelle à tous ceux qui ont l'intelligence du vrai beau, & qui ont le bon sens de le faire consister dans la simplicité des idées, & le naturel des expressions. Ils ne me désavoueront pas, lorsque je dirai : heureux les tems où parmi nous la Poësie avoit ses Rousseau, la Peinture ses le Sueur, la Musique ses Lully. Heureux les éleves qui iront à l'école de ces grands Maîtres. Vous tous qui aspirez à la gloire de charmer nos oreilles, étudiez le grand Lully, étudiez-le sans cesse. Il n'est pas seulement le créateur de notre Musique ; il est le Maître & le modéle de tous nos vrais Musiciens.

Dans le genre des Cantates, je ne crains pas de nommer l'ingénieux Clerambaud. En le considérant du côté de l'expreſſion, il doit paſſer pour un homme rare. Son chant auſſi favorable à la voix, que flatteur pour l'oreille, eſt plein de naturel, & orné de mille graces. Qué peut-on déſirer dans ſon récitatif ? Que la mélodie en eſt douce! Que les variations en ſont fines! Que cet Homme connoît bien toutes les routes qui menent au cœur.

Ce n'eſt point ce récitatif imaginaire dont parle M. Rouſſeau, qui ſelon lui doit différer ſi peu de la ſimple déclamation, qu'on ſoit tenté de croire que la perſonne qui exécute parle & ne chante point. Juſqu'à ce qu'il ait réuſſi à donner de l'exiſtence à ce ſingulier être de raiſon, nous croirons que le récitatif & la déclamation ſont deux manieres eſſentiellement différentes, faites l'une & l'autre pour peindre la choſe ; mais par des voies éloignées entre elles de tout l'intervalle qui ſépare la parole du chant. La déclamation ſeroit vicieuſe ſi elle devenoit

venoit chantante, le récitatif feroit difforme s'il n'étoit que parlant. Ne confondons point des Arts qui quoique limitrophes, n'ont rien de commun. Laiffons à chacun fon expreffion particulière. Chanter & parler font deux modifications de la voix fi oppofées, qu'on ne fauroit en produire une mitoyenne qui tienne des deux, & qui les réuniffe en quelque forte. Le récitatif doit donc toûjours être du chant. S'il exprime, s'il peint, quelque figurée qu'en foit la mélodie, il eft bon.

Il me paroît que le récitatif de Clerambaud a ce touchant caractère : il me plaît par la grande naïveté des images, & l'extrême franchife des expreffions. Si le chant en eft enrichi & figuré, c'eft fans fuperfluité & fans luxe. Je n'y vois que la nature ornée, & la parure eft de fi grand goût, que bien loin d'effacer les beautés du fujet, elle les releve.

Je n'admire pas moins cet aimable

C

Compositeur dans ses Ariettes dessinées
avec légereté , traitées avec enjoüement ,
touchées avec tendresse , maniées avec
tout l'esprit possible. Ici je ne puis me faire
entendre qu'à ceux qui , prenant le Livre
à lamain , auront la bonne foi de se livrer
au sentiment de la chose , & qui n'oppo-
sant aucun obstacle volontaire à la sé-
duction , jugeront de la bonté de l'effet
sur la garantie du plaisir qu'ils éprouvent. Ce plaisir sera déja dans plusieurs
affoibli par l'habitude ; mais s'il est nouveau , j'ose afsûrer qu'il sera vif.

Passons à un autre genre de Musique ,
qui fut toûjours parmi nous le plus parfait , & dans lequel nous avons peut-
être mieux réussi que toute autre Nation.
Je parle de nos Motets. Autant le Latin
surpasse en énergie toutes les Langues
vivantes : autant la sublimité des Pseau-
mes efface toute Poësie humaine : autant les beaux motets de nos grands

Compositeurs font au-deſſus de preſque toute Muſique connue.

Deux Hommes ſe ſont particuliére-ment diſtingués dans la compoſition de nos chants religieux ; Campra & la La-lande. Campra l'un des plus beaux génies pour la Muſique qui aye jamais paru , dut tout à la Nature , & n'eut beſoin d'étude que pour dévelop-per toutes les reſſources de ſa brillante imagination. La Lande moins heureu-ſement né, pour arriver à la perfection, fut obligé de s'en frayer la route par un travail aſſidu & opiniâtre. Le premier plus fécond & plus hardi , fut quelque-fois la dupe de ſa facilité trop grande. Le ſecond plus ſage & plus réſervé fut ſouvent trop eſclave de ſa ſévère cor-rection. Campra , eſprit vif & léger, ne ſe donna point la peine de limer & de finir ſes Ouvrages ; tout y paroît tou-ché au premier coup ; mais avec un ſi prodigieux naturel , qu'on croiroit que

C ij

ſes chants ſe ſont faits d'eux-mêmes, que pour les compoſer il n'a eu beſoin que d'écrire. La Lande, eſprit lent & méditatif, n'a rien produit qui ne ſoit extrêmement travaillé; on ſent qu'il y eſt revenu à pluſieurs fois, qu'il a touché & retouché, qu'il n'a réuſſi qu'à force d'étude & de patience. Campra n'a preſque jamais été médiocre; ou il eſt ſublime, ou il eſt plat, ou il n'exprime point, ou il exprime divinement, c'eſt un feu qui brille & s'éteint; il a des ſaillies qui enchantent, & des chûtes qui révoltent; quand il a des graces, il les a toutes; quand il plaît, perſonne ne plaît autant que lui. La Lande plus ſoûtenu, eſt aſſez égal à lui-même; il n'eſt pas habituellement ſublime, il n'eſt jamais rampant; la Nature ne le ſert pas toûjours bien, l'Art ne l'abandonne jamais; on trouve rarement chez lui de ces morceaux aimables, que Campra rend ſi ingénus & ſi touchans quand il s'avife de bien faire; mais on n'y voit point comme dans Campra, de ces lieux communs & triviaux, qui font le fupplice des oreilles délicates. Le caractère de la Lande eft plus férieux, celui de Campra eft plus riant; la Mufique du premier eft toûjours plus favante, celle du fecond eft habituellement plus vraie. La Lande eft un Artifte qu'on eftime davantage, Campra eft un féducteur qu'on aime infiniment.

Confidérons féparément ces deux grands Hommes, & rappellons ici pour l'honneur de la Mufique Françoife quelques-uns de leurs Ouvrages les plus connus. Je vais y procéder fans affectation & fans choix. Je demande à M. Rouffeau, fi les petits Motets de Campra ne font pas de la Mufique. J'ouvre & je vois un *Paratum cor meum*, qui eft bien une des plus jolies chofes qu'on puiffe entendre. Tout y refpire la pure joie, la tendre onction qu'éprouvent les ames

vertueufes & innocentes. Quel naturel !
quelle variété ! Eft-il une mélodie plus
fimple & plus délicieufe ? Peut-on peindre plus céleftement la fituation d'une
ame qui eft pleine de fon Dieu , qui l'admire , qui le bénit, qui le chante , qui
le défire, qui fent pour lui les plus vives ardeurs ? Je parcours & je m'arrête
au *Dominus regnavit* , Motet à deux voix,
baffe & deffus. Quelle force ! quelle
fierté dans ce premier verfet ! Quelle
agitation ! quel trouble dans l'*Elevave-*
runt flumina ! quel filence ! quelle
admiration dans le *Mirabilis* ! Quelle
religion ! quelle majefté dans le *Teftimo-*
nia tua ! C'eft un chant qui coule par-tout
avec la facilité la plus élégante , &
qui en exprimant les penfées les plus
nobles , conferve toûjours fon naturel &
fes graces.

Je viens à l'*Ecce panis Angelorum* ,
Motet à trois voix. Le début en eft pom-
peux. Je crois entendre un Prophete qui

annonce avec dignité le grand Myftère
de la divine Euchariftie. Bien-tôt dans
un *trio* fublime fe trouve exprimé le ref-
pe& & la vénération dont doivent être
faifis tous les fideles à la vûe de cet
augufte Sacrement. Mais quelle eft la
volupté de mon cœur, lorfque je viens
à entendre cette voix feule qui produit
l'a&e d'une adoration pleine d'amour,
& qui en fait paffer le fentiment jufques
dans le fond de mon ame. J'oublie que
je fuis fur la terre, je crois être dans le
Ciel. Ouì, c'eft ainfi que les Anges chan-
tent les loüanges de leur Dieu. Qu'on
me répete mille fois cet incomparable
Adoro te, je ne me lafferai jamais de l'entendre. Tandis que je demeure abforbé
dans l'ivreffe de dévotion qu'il m'infpire,
tout-à-coup une fimphonie brillante me
réveille. & m'invite à me livrer à tous
les tranfports de la joie. Ce font les
merveilles de mon Dieu que l'on célé-
bre avec une vivacité triomphante. Des
C iiij

expreſſions pleines d'énergie & de can-
deur me vantent le bonheur de mon ſort.
L'allégreſſe me ſaiſit, je ſuis hors de
moi-même : ce chant m'animë & ne me
diſſipe point, il enflamme ma piété ſans
la diſtraire. Oui, je le dis hardiment,
s'il y a quelque choſe de parfait en ce
monde, c'eſt ce morceau de Muſique.

Dans les Motets à grand chœur de
Campra, il eſt rare de trouver un tout
qui ſoit ſans reproche ; mais il en eſt
peu où l'on ne rencontre des beautés qui
ſurprennent & qui ſaiſiſſent. Eſt-il une
image plus noble des grandeurs de Dieu,
que le *Quis ſicut Dominus* du *Laudate
pueri,* une expreſſion plus forte de ſa tou-
te-puiſſance que le *Conturbatæ ſunt gen-
tes,* magnifique chœur, du *Deus refu-
gium,* une inſinuation plus hardie de la
confiance que Dieu inſpire que le *Prop-
terea non timebimus* du même ? Un tableau plus doux de ſes bontés, que le

Memoriam fecit du *Confitebor* ; une repré-
fentation plus naturelle de la fuite mira-
culeufe des eaux en préfence de Moyfe ,
que le *Mare vidit* de l'*Inexitu* ? Une invita-
tion plus gracieufe à honorer Marie, que le
Salutate Mariam ? Et cent autres endroits
admirables , que dis - je , défefpérans
pour tous ceux qui ont la même carriere
à courir.

Rien n'égale la perfection de caractère que Campra fait donner aux différentes parties qui entrent dans la com-
pofition de fon chant , le ton mâle , fer-
me , réfolu de fes baffes , la vive &
douce légereté de fes deffus. Rien n'eft
au-deffus de la précifion avec laquelle
il marque la mefure , de la pureté de la
force de fon harmonie qui remplit toûjours l'oreille agréablement , & des fons
moëlleux qui diftinguent fa mélodie.
Campra moins inégal , eût été de tous
les hommes le plus approchant de l'idée
du Compofiteur parfait.

La Lande nous offre des beautés de composition plus réfléchies & plus étudiées. On n'y trouve point le grand naturel, le facile, l'élégant, le gracieux; mais dans le dévot, le tendre, le grave, l'augufte, le majeftueux, le terrible, il a réufli éminemment. Parcourons également fans affectation quelques-uns de fes Ouvrages. Le *Dominus regnavit* fe préfente à moi; ce n'eft point un joli Motet comme on l'a ofé dire de nos jours; mais un des plus grands Motets que l'on connoiffe. Ce Pfeaume eft fans contredit un de ceux où la Poëfie de l'Auteur infpiré, a répandu les images les plus frappantes & les plus variées. Il eft difficile qu'un Compofiteur aie un fujet plus intéreffant & plus riche à traiter. La Lande l'a rempli avec toute la force & toute la vérité imaginable.

Peut-on mieux débuter qu'il le fait? Un Chœur vif & afsûré peint le Seigneur comme un Roi, qui fait au milieu de fes fujets fon entrée triomphante. Une fugue heureufement ménagée exprime le concours des peuples qui font retentir les airs de leurs acclamations, tantôt féparément, & tantôt tous enfemble. Suit le tableau majeftueux de la Divinité. Un chant plein de retenuë, de refpeɛt & de faififfement, annonce les voiles impénétrables qui la couvrent, l'ordre & la juftice de fes jugemens. Tout-à-coup pour marquer fes redoutables vengeances, un mouvement précipité fait marcher le feu devant le Seigneur, pour dévorer quiconque lui réfifte ; on entend l'épouvantable fraças de fon tonnerre, la terre eft ébranlée, un cœur rapide, & entrecoupé peint la violence de la fecouffe & l'effroi de l'ébranlement.

Alors un nouveau caraɛtère de mélodie fe fait entendre, pour repréfenter avec moins de tumulte les montagnes qui fe fondent comme la cire en la préfence du Seigneur, la terre entière comme un atôme qu'il anéantit d'un regard. Un *duo* vraiment célefte exprime le témoignage que les Cieux rendent à fa juftice, l'admiration que donnent à tous les peuples les profondeurs de fa gloire. Ce *duo* eft remplacé par un chœur plein d'indignation & de mépris contre les adorateurs infenfés des idoles ; on ne peut mieux en infpirer de l'horreur, & faire défirer leur confufion.

Ici tout prend une face nouvelle : un mouvement plein d'une religieufe lenteur, des fufpenfions fréquentes, une harmonie grave, un chant modefte & férieux, invitent les Anges à adorer le Seigneur : l'ame eft pénétrée de cette mélodie augufte. On fe fent porté à s'humilier, à fe confondre devant un Dieu fi grand ; on eft prefque accablé fous le poids de Sa Majefté. Auffi-tôt

Sion, l'heureuse Sion fait éclater naï-
vement sa joie, de ce qu'elle a pour
Maître le Dieu du Ciel. L'allégresse des
filles de Juda est vivement & délicate-
ment ressentie, & après qu'on s'est quelque tems occupé de leur bonheur, on
revient à admirer encore la magnificence
du Très-Haut, la mesure se rallentit, l'harmonie reprend sa gravité. Un chant qui
imite le vol de l'Aigle , & qui plane
au milieu des airs , acheve par un dernier trait plus éloquent que tous les autres , le tableau de la supériorité infinie
du vrai Dieu sur toutes les divinités faus-
ses. Ce morceau finit par la répétition
de l'*Adorate eum*, répétition la plus heureuse & la plus pitoresque qui fût jamais.
Il ne restoit plus qu'à terminer cette su-
blime composition par quelque image
douce & riante. C'est ce que la Lande
a fait par un récit très-gai mêlé avec le
chœur , où la félicité & la joie des Juf-

tes est vivement rappellée. Ils sont invi-
tés d'une manière très- intéreffante à se
réjouir dans le Seigneur , & à ne jamais
oublier ses graces. La légereté de ce
dernier morceau rend la satisfaction complette , & ne laisse plus rien à désirer.

Il seroit trop long de décrire ici chacun des beaux Motets de ce grand Compositeur. On remarque dans tous une
singulière expression des grandes idées
de la Religion , des nobles , des tendres
sentimens qu'elle inspire à ceux qui l'ont
profondément gravée dans le cœur.

Peut-on rappeller plus éloquemment
à un peuple privilégié les bienfaits qu'il
a reçus de Dieu , que dans le *Mementote*
du *Confitemini* ? L'inviter d'une manière
plus touchante à loüer le Seigneur , que
dans le *Jubilate Deo* du *Cantate* ? Lui
peindre d'une manière plus effrayante la
terreur du dernier Jugement , que dans
le *Judicabit* du *Dixit* ? Inspirer pour Dieu

des sentimens plus affectueux que dans le *Beata gens* de l'*Exultate justi* , le *Miséricordia mea* du *Benedictus Dominus* , l'*Ego autem* du *Confitebimur* ? Peut-on prononcer d'une manière plus sévère la haine que Dieu porte aux pécheurs, que dans le *Et inclinavit* ; magnifique chœur du même *Confitebimur* ? Exprimer enfin plus tristement la profonde douleur d'une ame pénitente, que dans le *Sacrificium Deo* du *Miserere* ?

Combien d'autres Motets n'aurois-je pas à citer, si je voulois détailler toutes les fortes images, tous les heureux mouvemens qui abondent dans les compositions de la Lande ? Personne n'a poussé plus loin l'art de la mélodie & des accompagnemens. Il est le premier qui ait introduit dans le chant des finesses particulières & la plus exquise propreté. Il a épuisé en ce genre tout ce que la pureté du goût avoit de richesses cachées, tout ce qu'il

étoit poffible d'en employer fans s'écar-
ter entiérement du naturel; de forte que
ceux qui ont voulu enchérir fur lui, ont
fait des chofes contre nature. Son harmonie forte, pleine & extrêmement
nourrie, produit toûjours de grands
effets. Chez lui tout eft en action, tout
peint, tout exprime, l'inftrument & la
voix, les accords & les parties, tout concours à faire un enfemble complet. Ses
chœurs font d'ordinaire du plus heureux
choix : la manière en eft grande, l'expreffion très-animée, la mefure marquée
fortement, & lorfqu'ils font bien exé-
cutés, l'impreffion en eft étonnante.

On peut lui reprocher d'avoir fouvent
corrompu le caractère des parties, en
donnant aux deffus & aux baffes la même
efpèce de mélodie, d'avoir eu recours
trop fréquemment aux deffeins compo-
fés, & à l'entaffement des parties. Quand
il n'a point eu d'image particulière à tra-
cer,

cer, il a profité de l'occasion pour faire briller son savoir, en produisant des morceaux de Musique *écrite*, pleins de fugues & de contre-fugues. Le dernier chœur de son *Confitemini* en est un exemple remarquable. Il est certain que l'harmonieux fracas de ce chœur superbe ne convient point du tout aux paroles, qui n'étant qu'une simple narration ne fournissoient ni image, ni sentiment. Ayant à travailler sur un sujet si ingrat, la Lande n'a trouvé d'autre moyen d'intéresser le Spectateur, que de forcer un peu la nature, pour y répandre les plus grands traits de l'harmonie; & il a si bien usé de cette licence, que ce morceau est devenu l'un des plus friands pour des oreilles musiciennes. Cependant la chose est de mauvais exemple, tant de richesses sont à pure perte, & on doit toûjours éviter de pareilles profusions.

Les seuls Compositeurs dont j'ai fait

D

mention fuffifent , pour démontrer à
tout l'Univers ; que non-feulement nous
pouvons avoir une Mufique vraie ; mais
qu'en effet nous avons de la très-bon-
ne & très-excellente Mufique. J'ai in-
fifté principalement fur nos Motets , parce que je les crois fupérieurs à tout le
refte. J'y trouve le caractère , la variété ,
le contrafte , le naturel , le fort , le pa-
tétique qui diftinguent les Ouvrages des
grands Poëtes & des grands Peintres. Il
n'auroit tenu qu'à moi de multiplier les
exemples , de citer les Gille , les Bat-
tiftin ; les Bernier , les Deftouches , les
Defmarets , les Mouret , les Madin. Je
m'arrête. . . . . . j'allois nommer des
hommes qui vivent encore. Laiffons au
Public le foin de venger leur réputation
qu'il a établie par fes applaudiffemens.

M. Rouffeau dira-t-il que tous nos
Compofiteurs font dans le genre férieux,
que nous n'en n'avons aucun dans le
genre comique. Il eft vrai que ce der-

hier genre n'a point encore été introduit
dans nos grandes piéces de Musique.
Nous l'avons toûjours réservé pour les
Chanfons, les Vaudevilles, les Paro-
dies, & nous poffédons plufieurs Ouvrages de cette efpéce qui font d'un comique très-réjouiffant. Mais notre goût
n'a jamais fouffert les bouffoneries & les
farces dans les Piéces de confidération.
Jufqu'à préfent nous nous fommes bien
trouvés de cette façon de penfer ; & il
eſt à fouhaiter qu'elle ne varie jamais.

V.

M. Rouffeau expofe les vrais princi-
pes, & donne de très-bonnes leçons,
lorfqu'il parle de l'unité de mélodie. Je
penfe comme lui, que ,, pour qu'une
,, Mufique devienne intéreffante, il faut
,, que toutes les parties concourenr à
,, fortifier l'expreffion du fujet ; que
,, l'harmonie ne ferve qu'à la rendre

D ij

„ plus énergique , que l'accompagne-
„ ment l'embelliffe fans la couvrir ni
„ la défigurer , que la baffe par une
„ marche uniforme & fimple , guide en
„ quelque forte celui qui chante & ce-
„ lui qui écoute, fans que ni l'un ni l'au-
„ tre s'en apperçoive ; il faut en un mot
„ que le tout enfemble ne porte à la
„ fois qu'une mélodie à l'oreille , &
„ une idée à l'efprit. " Je fai que cette
unité eft auffi effentielle à la Mufique ,
que la dégradation des lumières & des
ombres dans un tableau , pour que tous
les objets particuliers concourent à faire
reffentir davantage l'objet principal.

Mais quand M. Rouffeau ajoûte que
cette unité de mélodie nous eft impoffible , qu'elle n'a été connuë d'aucun de
nos Compofiteurs ; je foûtiens qu'il y
a plus d'humeur que de Philofophie
dans ce reproche. Quand il nous cite
les fréquens accompagnemens à l'unif-
fon que l'on remarque dans la Mufique

Italienne, comme un moyen de fortifier
l'idée du chant ; je réponds que cette
manière, qui peut réuſſir quelquefois,
& qui ne nous eſt ni impoſſible, ni étran-
gère, n'eſt propre dans le fonds qu'à dé-
celer l'impuiſſance de l'art. Les Italiens
montreroient beaucoup plus d'habileté,
en trouvant le ſecret de fortifier l'idée du
chant par des accompagnemens en accords. C'eſt ce qu'ont exécuté d'ordinaire nos habiles Compoſiteurs, & la
Lande ſur-tout. Ses accompagnemens
ſans être à l'uniſſon fortifient toûjours
l'expreſſion de la partie chantante ; ils
ajoûtent de nouvelles idées que le ſujet
demandoit, ils embelliſſent l'expreſſion
ſans la couvrir ni la défigurer, & il en
réſulte un enſemble dont l'agrément
n'eſt conſommé que par l'union des parties. Pour s'en convaincre, il n'y a qu'à
prendre au hazard un des beaux Récits
de la Lande, & en ſuprimer l'accompagnement. On ſentira bientôt que l'ex-

preſſion eſt extrêmement affoiblie; &
l'oreille éprouvera un vuide que tous
les uniſſons poſſibles ne ſauroient remplir.

Ceux qui font chanter à part „ des
„ violons d'un côté, de l'autre des flu-
„ tes, de l'autre des baſſons, chacun
„ ſur un deſſein particulier, & preſque
„ ſans rapport entr'eux: " ceux-là ſont
regardés parmi nous comme de très-
mauvais Compoſiteurs. Il eſt inutile de
nous reprocher leurs défauts, & bien
injuſte de les citer en preuve de l'eſſen-
tielle méchanceté de notre Muſique.

M. Rouſſeau s'éleve contre l'uſage
des fugues, imitations, doubles deſ-
ſeins, & autres beautés arbitraires, dit-
il, & de pure convention qui ont été
inventées pour faire briller le ſavoir, en
attendant qu'il fût queſtion du génie.
S'il ne faiſoit que condamner l'abus & la
prodigalité de ces richeſſes de l'art,
nous approuverions ſa cenſure. S'il di-

foit même que plufieurs de nos Compofiteurs font dans le cas de l'abus,
nous en demeurerions d'accord. Mais,
prétendre que ce font-là des beautés arbitraires & de pure convention, qu'il
n'y a pas moyen d'en tirer avantage
pour embellir & fortifier l'expreffion,
c'eft raifonner contre une expérience cer-
taine, c'eft ôter à l'art une de fes plus
précieufes reffources. Lorfque Monfieur
Rouffeau ajoûté que le travail en eft fi
ingrat, qu'à peine le fuccès peut-il dé-
dommager de la fatigue d'un tel Ouvra-
ge ; il avoûe du moins indirectement la
poffibilité de réuffir. Je conviens avec
lui que la difficulté eft grande ; mais
l'homme de génie furmonte la difficulté ;
& c'eft ne pas connoître fes forces que
de lui exagérer les épines d'un travail
qui renferme quelque utilité.

J'en dis de même des contrefugues,
doubles fugues, fugues renverfées, baffes contraintes, qui ne font des fottifes

D iiij

qu'entre les mains des sots. Un habile homme qui voudra s'en servir, prouvera aisément qu'il n'y a rien en tout cela de barbare & de gothique. Qu'on les proscrive toutes les fois qu'elles seront contraires, ou même indifférentes à l'expression ; mais il n'est pas prouvé qu'elles ne puissent jamais lui être d'aucun avantage.

Notre Censeur met encore le *duo* au rang des superfluités contre nature. ,, Rien n'est moins naturel, dit-il, que de ,, voir deux personnes se parler à la fois ,, durant un certain tems, soit pour dire ,, la même chose, soit pour se contre- ,, dire, sans jamais s'écouter ni se ré- ,, pondre. " La plaisanterie est ingénieuse. Mais je lui demande, s'il est contre nature que deux personnes éprouvent un sentiment uniforme, ou un sentiment contraire dans le même tems. Il me semble que rien n'est plus naturel & plus ordinaire. Or dès qu'il est possible

qu'elles l'éprouvent, il est convenable
qu'elles l'expriment. Alors ce ne seront
plus deux personnes qui se parlent à la
fois ; mais deux personnes qui à la fois
manifestent la situation particulière de
leur cœur ; dispensées par conséquent,
& même absolument hors d'état de s'é-
couter & de se répondre.

Concluons de-là que le *duo* n'est point
du tout arbitraire ; qu'il n'est légitime
que lorsque deux personnes agitées du
même mouvement, ou d'un mouvement contraire, sont autorisées par la
nature à l'exprimer séparément, quoique
tout à la fois ; & qu'alors le *duo* bien loin
d'être choquant produit une satisfaction
des plus vives. Il n'est donc pas nécessaire de décomposer toûjours nos *duo*
pour les traiter en simple dialogue,
comme le voudroit M. Rousseau. Il est
encore moins nécessaire, quand on joint
ensemble les deux parties, de s'attacher
exclusivement, comme il le préscrit,

à un chant fufceptible d'une marche par
tierces ou par fixtes , dans lequel la feconde partie faffe fon effet , fans diftraire
l'oreille de la première. Un pareil chant
feroit contre nature dans la fituation de
deux perfonnes qui éprouvent à la fois
deux fentimens contraires : & lors même
que c'eft un fentiment uniforme qui les
occupe , il eft affez naturel que chacune
aye fa manière différente de fentir rela-
tivement à la diverfité du caractère ; il
n'eft donc pas hors de propos que chacune conferve dans l'expreffion cette
manière différente , & alors la double
mélodie , bien loin d'être contre nature ,
en rend plus exactement les diverfités.

M. Rouffeau foupçonne avec raifon ,
que l'harmonie complette n'eft pas toûjours auffi efficace pour produire l'expreffion , que l'harmonie mutilée ; &
qu'en bien des occafions l'épargne des
accords vaut mieux que leur prodigalité.
Le principe ancien qu'il cite d'après

M. Rameau eft très-vrai, que chaque confonnance a fon caractère particulier; c'eft-à-dire, une manière d'affecter l'ame qui lui eft propre. La conféquence qu'il en tire eft encore très-logique, lorfqu'il dit que deux confonnances ajoûtées l'une à l'autre mal-à-propos, pourront en augmentant l'harmonie, troubler mutuellement leur effet, le combattre ou le partager. S'il m'eft permis d'ajoûter à fa penfée, je dirai que non-feulement l'addition ou le retranchement de telle confonnance, en rendant l'accord plus ou moins complet pourra le rendre plus ou moins expreffif ; mais que dans le paffage d'un premier accord à un fecond, la liaifon pour être parfaitement expreffive, demandera telle addition ou tel retranchement, que l'accord qui précéde ou qui fuit n'auroit pas demandé dans une fucceffion différente. En un mot, je crois que comme il n'y a en toutes chofes qu'une manière de bien faire, il

n'y a pour toute expreſſion que tel caractère de conſonnance de légitime, tel
degré d'harmonie de bon.

De-là on conclut aſſez cavalierement
que toute Muſique où l'harmonie eſt
ſcrupuleuſement remplie doit faire beaucoup de bruit; mais avoir très-peu d'expreſſion, ce qui eſt préciſément le caractère de la Muſique Françoiſe. Pour
que cette conſéquence fût auſſi logique
que la précédente, il faudroit prouver
le fait; je veux dire que tous nos Compoſiteurs ſont tellement aſſervis à remplir l'harmonie, qu'ils n'emploient jamais que les accords complets. Je trouve une infinité d'occaſions où ils ont
ménagé les accords & les parties. En
chiffrant leurs baſſes, ils ne font que
déſigner le caractère de la conſonnance :
ce n'eſt pas leur faute ſi l'accompa-
gnateur conduit par une aveugle routi-
ne y met un rempliſſage qu'ils ne lui
preſcrivent pas. Quand même il ſeroit

vrai que le défaut ordinaire de nos Compositeurs eft de trop remplir l'harmonie ; au moins doit-on convenir que ce
défaut n'eft pas incorrigible.

M. Roufſeau qui a ſi bien pénétré la
nature du mal , devroit nous en aſſigner
le remède. Il nous rendroit un grand
ſervice , & non - ſeulement à nous;
mais aux Italiens eux - mêmes , s'il
nous donnoit des régles ſûres pour dif-
cerner toûjours le degré d'harmonie
qui convient. Il avouë que dans la néceſſité de ménager les accords & les
parties , le choix devient difficile ; &
demande beaucoup d'expérience & de
goût pour le faire toûjours à propos.
Nous l'invitons à ne pas ſe rebuter de la
difficulté. Il eft capable par la profon-
deur de ſes réflexions de faire de grandes découvertes dans cet abîme ; & lorſqu'il voudra bien nous les communi-
quer , notre Muſique dont il ſe déclare

l'ennemi, l'honnorera comme son Reſ-
taurateur le plus ſignalé.

Pour nous accabler, M. Rouſſeau
met en oppoſition le fade & puérile ga-
limathias de flammes & de chaînes qui
domine dans nos Tragédies Françoiſes,
au tragique, au vif, au brillant, à l'entrecoupé des ſcènes Italiennes. C'eſt ſur
de telles paroles, dit-il, qu'il ſied bien
de déployer toutes les richeſſes d'une
Muſique pleine de force & d'expreſſion.
Il a raiſon ; mais par-là, il fait le procès
moins à nos Muſiciens qu'à nos Poëtes.
*Ce miſérable jargon emmiellé qu'on eſt trop
heureux de ne pas entendre, ces impertinens
amphigouris, toutes ces paroles qui ne ſigni-
fient rien,* ne ſont point le crime du
Compoſiteur. Eſt-ce ſa faute, ſi on ne
lui donne pas à peindre de grands tableaux & de grandes paſſions ? Pourvû
qu'il exprime bien tous les ſujets qu'on
lui préſente, ſa charge eſt faite & on n'a
rien à lui reprocher. Il falloit donc ré-

ferver à d'autres cette critique, qui toute judicieufe qu'elle eft, paroît ici fort déplacée. D'ailleurs je n'aime point qu'on infifte tant fur des comparaifons odieufes. Mais fi l'on veut abfolument nous comparer aux Ultramontains, qu'on nous juge fur une langue commune. Qu'on prenne le meilleur Motet Italien, qu'on le confronte au meilleur Motet François. Je n'ai pas la préfomption de croire que la comparaifon fera toute au défavantage de la Mufique Italienne, comme en font perfuadés bien des gens qui ne font ni aveugles ni frivoles : mais ce n'eft pas un préjugé d'avancer que notre Mufique alors foûtiendra très-bien le parallèle ; qu'on découvrira dans les deux genres des beautés à peu près égales, & que la préférence demeurera au moins incertaine.

On nous donne pour une des perfections de la Mufique Italienne, de pouvoir exprimer tous les fentimens, &

peindre tous les caractéres avec telle mesure & tel mouvement qu'il plaît au Compositeur. Elle est triste sur un mouvement vif, gaie sur un mouvement lent. Si c'est-là une perfection, j'avoüe de bonne foi que je n'ai point idée de la Musique parfaite. J'aimerois autant que l'on me dît qu'une des perfections de la Peinture est de pouvoir représenter toutes sortes d'objets avec telle couleur & telle lumiere qu'il plaît au Peintre. Il est pourtant vrai qu'un tableau n'est censé parfait que lorsque le coloris propre du sujet s'y trouve joint à l'invention & au dessein. A l'égard de la Musique, j'ai toûjours crû, & M. Rousseau est forcé d'en convenir que le grand art consiste à faire concourir toutes choses à l'énergie de l'expression. Le choix de la mesure n'y est pas moins essentiel que celui de l'accompagnement & de la mélodie. Un mouvement vif dans un sujet triste, est tout-

tout-à-fait contre nature. Il en réfulte non
une expreffion unique, mais deux expreffions contradictoires qui fe combat-
tent; celle de la mélodie qui porte à la
trifteffe, celle de la mefure qui infpire
la joie. Ce mêlange peut être fingulier,
il ne fera jamais naturel; & je confeille
à nos Compofiteurs de fe bien garder
d'imiter de pareilles bifarreries. Rubens
a quelquefois employé les graces & le
brillant du coloris dans des fujets tra-
giques & férieux : Raphaël n'eût jamais
commis cette faute. Au refte, s'il n'étoit
queftion que de prouver que nous pouvons quand il nous plaît produire de
ces fingularités que mal-à-propos on
nous éxalte tant, je n'aurois qu'à citer
le fameux duo d'Héraclite & de Dé-
mocrite, où Batiftin fait pleurer l'un &
rire l'autre fur le même mouvement. Cet
exemple prouveroit encore que fi nous
favons compofer une Mufique trifte
fur un mouvement gai, nous ne le fai-

E

fons point fans y être autorifés par la
nature & le caractére du fujet.

V I.

M. Rouffeau a contre nous plus d'avantage lorfqu'il attaque notre exécution,
qui eft la feconde partie de la Mufique.
Il y a eu un tems où nos Muficiens
exécutoient avec plus d'exactitude & de
goût qu'ils ne font aujourd'hui. Cette
vérité paroîtra à nos modernes très-pré-
venus en leur faveur, un paradoxe plus
paradoxe que tout ce qu'a avancé l'adverfaire que je combats. Mais ils fe rappro-
cheront malgré eux de mon idée, s'ils
comprennent une fois ce que c'eft que
bien exécuter. On peut avoir la voix très-
flexible & très-belle, le jeu très-fubtil
& très-brillant, & exécuter la Mufique
d'une maniere déteftable. La bonne exécution demande que l'on entre bien

dans la penfée du Compofiteur & dans
l'efprit de la chofe ; qu'on s'attache à
donner à chaque note fa valeur précife ;
qu'on ne s'émancipe point à y ajoûter
de fon autorité privée des ornemens de
furérogation ; qu'on s'en tienne fcrupuleufement à la Lettre , fe conten-
tant de mettre l'ame & le feu dont la
Lettre ne parle point.

L'art de bien exécuter eft le même
que celui de bien lire. Un bon Lecteur
eft celui qui prononce exactement , qui
diftingue bien la phrafe , qui fait fentir les liaifons & l'harmonie du ftyle
fans les trop marquer , qui anime ce
qu'il dit , qui intéreffe par le ton propre & varié qu'il fçait donner aux chofes. Cet art n'eft point du tout commun : les bons Lecteurs font très-rares.
L'exécution de la Mufique eft une
vraie lecture : peu de gens y réuffiffent
éminemment. La plûpart s'imaginent

bien exécuter en fredonant beaucoup.
Campra difoit un jour à un de ces
Violons, petits Maîtres, qui s'étoit avifé
de broder un de fes accompagnemens.
*Vous avez voulu faire l'habile homme , &
vous n'êtes qu'un fot.* Si vos fredons
étoient néceffaires, je les aurois mis.

Autrefois les Maîtres étoient extrêmement févères à ne rien fouffrir de ce
qui s'écartoit de l'exécution littérale.
Mais depuis qu'on a imaginé que toute
la gloire confifte à bien filer un fon, à
bien marteler une cadence , à faire de
très-longues tenuës , des roulemens &
des fredons de toute efpéce , on s'eft
beaucoup négligé fur la précifion du jeu
& du chant. On s'eft accoûtumé à une
pratique extraordinaire & déréglée. Les
licences les moins naturelles & les plus
inoüies ont pris la place du rigorifme
des anciens, & tel morceau qui exécuté autrefois , produifoit l'enchante-
ment le plus délicieux , ne fait plus au-

jourd'hui qu'une impreffion fuperficielle.
Nos modernes prétendent que ce font
les richeffes de la Mufique nouvelle qui
ont rendu infipide la fimplicité de l'an-
cienne Mufique. Mais il y a cent contre
un à parier, que la Mufique d'autrefois
n'a ceffé de plaire, que depuis qu'on
n'en a plus connu les régles de l'exécution, & qu'au lieu de s'appliquer à produire des fons, on a mis toute fon habileté à faire du bruit.

Loin de nous réduire toûjours à l'impoffibilité de bien faire, M. Rouffeau
qui condamne fi juftement les défauts de
notre exécution moderne, auroit dû
nous fournir le moyen de les éviter. Je
vais tâcher de fuppléer à fon filence.

Pour qu'une Mufique foit bien exécutée, la première attention que l'on
doit avoir, c'eft d'ordonner réguliere-
ment le Concert, de fournir fuffifam-
ment toutes les parties, de manière que

chacune faſſe ſon effet, que les parties principales telles que le deſſus & la baſſe dominent davantage, que les parties acceſſoires telle que la Haute-contre & la Taille ſoient moins reſſenties, afin qu'il en réſulte une harmonie où rien ne déborde, & qui aye de l'unité. On ne peut trop recommander de fournir les baſſes plus que tout le reſte ; parce qu'elles ſont le fondement de l'harmonie, & à cauſe de la nature du ſon grave qui eſt toûjours le moins perçant. L'une des grandes beautés de l'orgue, ce ſont ſes baſſes un peu exagérées. Dans les chœurs c'eſt toûjours la baſſe qui deſſine le tableau, & qui conſomme l'expreſſion. Elle doit donc prévaloir, & occuper l'oreille plus que toute autre partie. Quand il s'agit d'accompagner des récits, ou des duo, au lieu de s'en tenir à l'expédient ordinaire d'éteindre les baſſes, il faudroit avoir pour ces ſortes d'accompagnemens une efpéce d'inftrument femblable aux Pédales de Flûte , dont le fon naturellement fourd , mais d'ailleurs extrêmement moëlleux , portât fenfiblement l'harmonie à l'oreille fans être en danger de couvrir la voix. On ne réuffit prefque jamais à produire l'effet défiré par le feul ufage d'adoucir. Un inftrument dont on eft obligé d'éteindre le fon , perd prefque tout fon effet. De plus , celui qui le manie ne fait pas au jufte à quel degré il faut l'éteindre pour bien adoucir. On n'auroit aucune de ces difficultés fi l'on imaginoit des inftrumens dont la force naturelle ne donnât que ce qui eft néceffaire pour conferver l'harmonie fans diftraire du chant

Une feconde attention non moins importante , c'eft de prévenir les libertés irrégulières de ceux qui exécutent. Pour cela il faudroit porter une loi qui défendît à tous les Chanteurs & à tout

ceux qui compofent l'Orcheftre de rien
changer à la Mélodie dont le caractère leur eft tracé, avec ordre de s'en
tenir fcrupuleufement au noté qu'ils ont
devant les yeux. Il faudroit qu'une pa-
reille loi obligeât tous les Maîtres qui
enfeignent de faire prendre à leurs éco-
liers l'habitude importante de l'exécution littérale. Pour évite même que les
accompagnateurs fuffent encore dans le
cas de remplir ou de mutiler mal-à-
propos l'harmonie, faute de régle qui
leur apprenne avec certitude les profu-
fions qu'ils peuvent hazarder & les
épargnes qu'ils doivent faire; il faudroit
que les Compofiteurs en chifrant leurs
baffes, priffent la peine de fpécifier
tous les accords néceffaires, & qu'on
fût tenu de fuivre litéralement le chi-
fre fans y fuppofer du fous-entendu. Il
faudroit enfin que les uns & les autres ne fuffent cenfés bons qu'autant

qu'ils feroient fidéles à cet loi ; que leur réputation, & par conféquent leur forme fût attachée à cette exactitude.

Une troifiéme attention de plus grande conféquence que toutes les autres, c'eft de veiller à la précifion de la mefure. Jufqu'à préfent on n'a employé pour cela, que des moyens infuffifans. La mefure n'eft point affez clairement marquée ; de-là vient que chacun interprete le caractère du mouvement à fa fantaifie : & tous n'en ayant pas la même idée dans l'efprit, il eft impoffible qu'il n'en réfulte beaucoup de contrarié_té dans l'exécution. Ces mots *gravement, lentement, légérement, vîte, très-vî_te* font des fignes très-équivoques, qui n'expriment point uniformément à tout le monde la penfée du compofiteur: Ceux qui exécutent mettent plus ou moins de vivacité dans chacun de ces

mouvemens , selon qu'ils ont l'imagination plus ou moins ardente.

En chargeant quelqu'un de battre la
mesure , on obvie tant soit peu à ce premier inconvénient ; il en reste un second.
Cet homme qui bat la mesure n'a rien
qui le fixe dans le choix du mouvement , & s'il ne le donne point tel
que le Compositeur l'a voulu , il déna-
ture l'effet de sa Musique. Aussi rien de
plus ordinaire que de voir une même piè-
ce de Musique exécutée par les mêmes
gens , changer d'expression par le seul
changement de celui qui bat la mesure. Il seroit donc très-important de faire cesser toute incertitude à cet égard
& de pouvoir déterminer chaque caractère de mouvement , de manière à
ne s'y jamais méprendre.

Pour y réussir , le meilleur moyen seroit de donner à la valeur de chaque
note une mesure de tems fixe & inva-

riable. Il n'y auroit qu'à convenir une fois pour toutes, que la durée d'une blanche, par exemple, feroit l'efpace d'une feconde de tems, de forte que deux fecondes détermineroient les deux tems de la mefure à deux. On en ralentiroit le mouvement de la moitié, en mettant deux rondes au lieu de deux blanches; on le rendroit de la moitié plus vif en mettant deux noires au lieu de deux blanches. Dans ce fyftême le plus ou moins de fubdivifion dans les notes qui compofent la mefure, déciroit au plus jufte le plus ou moins de vîteffe dans le mouvement. On feroit de même pour la mefure à trois dont on diverfifieroit les mouvemens en mettant ou une ronde, ou une blanche, ou une noire, ou une coche, ou une double coche à chaque tems. Les notes pointées ne changeroient rien à la durée de la mefure à deux, fi ce n'eft que dans le

même espace de tems, on prononceroit
la valeur de trois notes au lieu de deux.
Le mouvement étant ainsi déterminé,
on n'auroit plus besoin d'autre avertis-
sement pour le connoître, & il ne dé-
pendroit plus du caprice de personne.
C'est aux maîtres de l'Art à examiner
l'utilité du moyen que je leur propo-
se, & à le mettre en usage s'ils n'en
imaginent pas de meilleur.

On ne peut trop appuyer sur ce principe qu'il n'y a que l'exécution parfaite qui puisse faire goûter pleinement le
plaisir d'une composition excellente.
Les meilleures Tragédies seront insup-
portables par les seuls défauts de l'exécution. Avec de méchans Acteurs Atha-
lie cessera d'être le chef-dœuvre du
Théatre, & deviendra un tas monstrueux
d'insipides Vers. A plus forte raison,
la Musique dont la parfaite expression
cachée à celui qui la lit, ne peut être

fentie que par celui qui l'écoute, perdra tout fon mérite, fi on l'exécute mal.

Je viens d'indiquer à nos Muficiens bien des réformes à faire à leur pratique, qu'ils prendront pour ce qu'elles valent. Si l'amour propre ne les aveugle pas, ils conviendront que leur exécution a de grands défauts : & s'ils aiment la gloire, ils mettront tout en œuvre pour les faire difparoître. Au refte M. Rouffeau n'a pas plus à triompher en ce point que dans tous les autres. En lui accordant que nous exécutons mal, il nous refte une reffource commune à tous ceux qui péchent, le pouvoir de nous corriger ; il ne perfuadera jamais à perfonne que cette reffource nous manque, & que les Italiens dont l'exécution a auffi bien des chofes à corriger, font les feuls qui ne foient pas incorrigibles. Quoi qu'il

puiſſe dire , nous ne perdrons point
l'eſpérance de nous perfectionner à force d'exercice. Peut-être à égale application n'irons-nous pas auſſi loin que
ceux d'au - delà des Monts. Il nous
ſuffira d'acquérir de la préciſion & de
l'exactitude , & nous y touchons d'aſſez près.

La Muſique françoiſe n'eſt donc point
un être imaginaire. Il en exiſte une
parmi nous qui a toutes les qualités
néceſſaires pour peindre & émouvoir.
Elle a déja de très-grandes perfections,
elle eſt ſuſceptible de toutes celles qu'on
lui déſire , je crois l'avoir démon-
tré.

FIN.